Catharina Valckx

L'incroyable Zanzibar

Illustrations de l'auteur

Mouche

l'école des loisirs

11, rue de Sèvres, Paris 6e

Loi numéro 49 956 du 16 juillet 1949 sur les publications
destinées à la jeunesse : mars 2003
Dépôt légal : novembre 2004
Imprimé en France par Mame Imprimeurs à Tours (n°04112041)

Zanzibar vient juste de se mettre à table.

Quelqu'un frappe à sa porte. C'est un lézard à lunettes.

– Bonjour, dit le lézard. Achille Potin, journaliste. Je voudrais vous poser quelques questions.

Il n'a pas l'air dangereux, se dit Zanzibar. Il le fait entrer.

Le lézard s'installe dans le meilleur fauteuil.

– Tout d’abord, dit-il, votre nom.

– Zanzibar, dit Zanzibar.

– Zanzibar ? Comme l’île africaine ?

– Oui, c’est ça. Comme l’île.

– Très joli, dit le lézard.

Il se lèche un doigt et feuillette son bloc-notes.

– Je fais un reportage pour mon journal. Je cherche des personnalités hors du commun. Savez-vous faire quelque chose de remarquable ?

Zanzibar réfléchit.

– Savez-vous chanter, par exemple ? demande le lézard.

– Euh… oui.

– Eh bien voilà ! Si vous chantez mieux que le rossignol, j'écris un article sur vous.

– CROA ! CROA ! CROA ! CROA ! chante Zanzibar.

– Vous appelez *chanter* ces croassements lugubres ?

Zanzibar hausse les épaules. Ce journaliste commence à l'énerver. En plus son dîner refroidit.

– Zanzibarr…, dit le lézard en roulant les *r* d'un air inspiré. Êtes-vous champion de quoi que ce soit ?

Zanzibar jette un coup d'œil à son assiette.

– Je suis un as de l'omelette aux champignons.

Le lézard éclate de rire.

– L'omelette ! Comme c'est charmant ! Hélas, mon cher, je ne pense pas que cela intéresse nos lecteurs.

Zanzibar se tait.

– Eh bien, mis à part votre nom si poétique, j'ai peur que vous ne soyez un corbeau tout à fait ordinaire, conclut le lézard en refermant son stylo. Je vous laisse à votre omelette.

– C'est ça, dit Zanzibar sèchement.

– Voici ma carte. On ne sait jamais.

Zanzibar claque la porte. Son omelette est gâchée. D'ailleurs, cette visite lui a coupé l'appétit.

Il s'approche de la lampe et examine la carte du lézard.

ACHILLE POTIN
Reporter spécial du journal
Le Mille-Feuille

Le Mille-Feuille, songe Zanzibar, ce doit être un journal très important. Ce reporter va écrire un article sur le rossignol. Et sur le renard, il est champion aux échecs. Peut-être sur Ginette, la grenouille. Elle a plongé dans la mare du haut d'un arbre…

Zanzibar va se coucher. Il secoue tristement son oreiller.

– J'aurais bien aimé être dans le journal. Mais je suis un corbeau ordinaire. Tout ce qu'il y a de plus ordinaire.

Il éteint la lumière et essaie de dormir. Mais il ne peut pas s'empêcher de penser à Achille Potin.

– Il m'a laissé sa carte. Il a vu que je suis un corbeau plein de possibilités.

Soudain Zanzibar se redresse.

– Je n'ai jamais fait d'exploit jusqu'à présent, mais il n'est pas trop tard ! Je vais... Je vais porter un chameau ! Voilà ! Je vais soulever un chameau d'une seule aile !

Au matin, Paulette, la taupe, rend visite à son ami Zanzibar.

Il lui raconte la visite d'Achille Potin.

– Donc je vais soulever un chameau d'une seule aile, conclut-il. Tu penses que je serais un corbeau remarquable, si j'y arrive ?

– Bien sûr ! s'écrie Paulette. Mais où vas-tu trouver un chameau ?

– Euh… je crois qu'ils habitent au bord de la mer.

– Mais non, dit Paulette. J'y suis allée une fois, au bord de la mer. Je n'ai pas vu un seul chameau.

Toc toc toc !

Zanzibar ouvre la porte.

– Bonjour Lamouette. J'ai une lettre ?

– Non, dit le facteur, je frappe juste pour te dire que tu n'as rien.

– Merci, dit Zanzibar. Est-ce que tu sais où vivent les chameaux ?

Lamouette se gratte sous la casquette.

– Je crois qu'ils vivent dans le désert.

– Et c'est où, le désert ?

– Par là. Lamouette pointe une aile vers le sud. Assez loin.

– Loin comment ?

– Plusieurs jours de vol.

– Plusieurs jours ! s'écrie Zanzibar. Alors je dois partir tout de suite.

Zanzibar prépare un sac de voyage et vole vers le sud.

Un chameau, songe-t-il en chemin, c'est presque pareil qu'un dromadaire. Sauf que le chameau a deux bosses et le dromadaire n'en a qu'une. Donc, forcément, un dromadaire doit être un peu moins lourd à porter. D'un autre côté, mieux vaut porter un tout petit chameau

qu'un énorme dromadaire. L'idéal, ce serait un tout petit dromadaire maigrichon.

Enfin Zanzibar arrive dans le désert. Il ne voit que des bosses de sable à perte de vue.

– Les dromadaires sont peut-être cachés dessous, se dit-il.

Il grignote un petit gâteau quand un fennec arrive vers lui.

– Bonjour, dit le fennec. Tu n'es pas d'ici, toi.

– Non, dit Zanzibar, je cherche un tout petit dromadaire maigrelet.

– Pour quoi faire ?

– Pour le soulever d'une seule aile.

Le fennec hausse les sourcils.

– J'en connais un moi, un tout petit dromadaire très mince. Suis moi !

Il conduit Zanzibar à une tente.

Un tout petit dromadaire, très maigre, et en chaussettes, les fait entrer.

– Salut Cheb, dit le fennec, je t'amène de la visite.

– Entrez, entrez, dit le dromadaire. Mais secouez bien le sable de vos pieds. Qu'est-ce qui me vaut l'honneur de cette visite ?

– Je voudrais te porter, dit Zanzibar, intimidé. Si tu veux bien.

– D'une seule aile, précise le fennec.

– Me porter? Pourquoi pas, dit Cheb. Mais pas maintenant. C'est l'heure de ma sieste.

Cela dit, il s'allonge sur le tapis, et ferme les yeux.

– Viens chez moi, en attendant qu'il se réveille. J'ai du thé à la rose des sables.

Le fennec habite dans un grand cactus.

Il fait entrer Zanzibar, et sert le thé dans de tout petits verres.

– Je m'appelle Sidi. Et toi ?

– Zanzibar, dit Zanzibar.

– Que penses-tu de mon thé ?

– Il a un goût de caillou, répond Zanzibar, franchement.

– Tu trouves ? demande Sidi,

étonné. Pas un goût de pétales de fleur ?

Zanzibar en reprend une gorgée.

– Plutôt un goût de gravier.

– C'est parce que tu n'y es pas habitué, dit Sidi. Rajoute un peu de sucre.

Pour passer le temps, ils se racontent des histoires. Des histoires de désert et des histoires de forêt.

Sidi et Zanzibar retournent vers la tente.

Cheb est occupé à secouer son tapis dehors.

Il le replace soigneusement sous la tente et se poste au milieu.

– Voilà, dit-il, je suis tout à vous.

Zanzibar pose son sac. Il s'installe entre les pattes du dromadaire et tend une aile vers le ventre maigre.

– Hi hi ! Tu me chatouilles avec tes plumes, glousse Cheb.

Zanzibar prend sa respiration et pousse de toutes ses forces.

– Il ne bouge pas, dit Sidi.

Zanzibar serre le bec. Son aile s'engourdit.

Découragé, il se laisse choir sur le tapis.

– Tu es sûr qu'il ne m'a pas soulevé d'un petit millimètre ? demande Cheb.

– Rien de rien, soupire Sidi.

Le pauvre Zanzibar fond en larmes.

– Je n'y arriverais jamais. Je suis trop petit.

– TROP PETIT ? Sidi se lève d'un bond. Si ce n'est que ça !

Il quitte la tente en courant et réapparaît bientôt avec un tabouret sous le bras.

– Monte là-dessus, dit-il à Zanzibar.

Zanzibar lui obéit.

– Voilà, déclare Sidi, triomphalement, tu n'es plus trop petit ! Tu vas y arriver. J'ai pris mon appareil photo.

– C'est maintenant ou jamais, se dit Zanzibar.

Il se concentre. Il lève une aile, plie les genoux, courbe le dos et pousse. Il pousse comme si sa vie en dépendait.

– Vas-y ! l'encourage Sidi.

Le tabouret penche, mais il ne tombe pas. Et soudain le miracle se produit. Les chaussettes de Cheb décollent du tapis.

– Tu le portes ! hurle Sidi.

Il déclenche son appareil. Clic clic clic.

Zanzibar croit rêver.

– J'ai réussi, murmure-t-il d'un air béat. Ce n'est pas possible !

– Bravo, dit Sidi en l'embrassant. Chapeau, et bravo.

– Félicitations, dit Cheb. Cette petite séance m'a beaucoup plu. Ce n'est pas tous les jours que je décolle de mon tapis. Je vais te donner un cadeau en souvenir.

Il s'assoit, et enlève une de ses chaussettes.

– Tiens, dit-il, elle est pour

toi. C'est ma grand-mère qui l'a tricotée.

Zanzibar le remercie.

– Un petit thé, pour fêter ça ? propose Sidi.

– Non merci, dit Zanzibar.

– Reviens quand tu veux, lui dit Cheb.

Zanzibar fait ses adieux à ses nouveaux amis et retourne dans son pays.

De retour dans la forêt, Zanzibar va tout de suite chez Paulette.

– J'ai réussi ! lui annonce-t-il fièrement.

Paulette le regarde, pleine d'admiration.

– Vraiment ? Tu as soulevé un chameau d'une seule aile ?

– Un dromadaire. Il m'a donné un souvenir, regarde.

Zanzibar ouvre son sac et en sort la chaussette. Paulette la lui prend des mains.

– Elle est drôlement jolie. Mais elle sent le chameau.

– Le dromadaire, corrige Zanzibar.

– Elle est encore pleine de sable !

Zanzibar repense à tout ce sable, là-bas. À la tente de Cheb et à Sidi…

Paulette l'observe.

– Tu as changé, dit-elle, tu as un regard de grand voyageur.

Zanzibar est si content qu'il se met à chanter.

Après le déjeuner, Zanzibar se rend au journal *Le Mille-Feuille*.

Achille Potin le reçoit dans un petit bureau plein de fumée.

– Comment allez-vous, mon cher Zanzibar ? Vous avez l'œil brillant.

– C'est que j'ai accompli un exploit, dit Zanzibar.

– Ah ! fait le lézard. Il tente d'ouvrir le tiroir de son bureau, mais le tiroir coince.

Il donne un coup de pied dedans et en sort son bloc-notes.

– Racontez-moi ça.

– J'ai soulevé un dromadaire d'une seule aile, déclare Zanzibar.

Achille Potin remonte ses lunettes sur son nez.

– Un quoi ?

– Un dromadaire.

– Écoutez, dit le lézard, en reposant son stylo, un peu de fantaisie, je veux bien. Mais un corbeau qui soulève un dromadaire, non. Il ne faut pas prendre mes lecteurs pour des imbéciles.

– Mais c’est vrai ! proteste Zanzibar.

– C’est impossible, vous êtes trop petit, dit Achille Potin, catégorique.

– Je sais, dit Zanzibar, mais je suis monté sur un tabouret.

Achille Potin fronce les sourcils.

– C’est cela. Et vous avez bu de la potion magique.

– Euh... non. Du thé.

– Oui. Eh bien, excusez-moi, monsieur Zanzibaratin, mais j'ai du travail.

Le lézard pousse Zanzibar vers la sortie.

– Et ne me dérangez plus avec vos sornettes!

Furieux, Zanzibar rentre chez lui. Le ciel s'est couvert. Il va pleuvoir.

Ginette, la grenouille, arrive vers lui.

– Zanzibar! lui crie-t-elle gaiement, j'ai quelque chose à te raconter.

Zanzibar s'approche à contre-cœur.

– Écoute, dit Ginette en bondissant sur place. Un reporter spécial va écrire toute une histoire sur moi ! Parce que j'ai sauté dans la mare du haut du saule pleureur. Tu t'en souviens ?

– Oui, dit Zanzibar, sombrement. Tu as de la chance. Moi, il ne me croit pas.

Ginette arrête de bondir.

– Parce que tu as fait un exploit, toi aussi ?

– J'ai porté un dromadaire d'une seule aile.

Ginette en reste bouche bée.

– Un vrai ?

– Oh, pas un gros, dit Zanzibar.

Ginette lui donne une tape dans le dos.

– Tu te moques de moi.

Soudain l'orage éclate. Une trombe d'eau tombe du ciel.

Zanzibar court s'abriter.

Chez lui, Zanzibar se sèche les plumes et prépare une omelette aux champignons. Mais le cœur n'y est pas. Son omelette est à moitié carbonisée. Immangeable.

Il s'allonge sur son lit, mais il ne lui vient que des idées noires.

– Je vais écrire une lettre à Sidi, décide-t-il.

Il prend un papier et un stylo.

Cher Sidi,

Le stylo n'a plus beaucoup

d'encre. Zanzibar doit repasser trois fois sur chaque mot.

Ici, il pleut. Je viens de rater une omelette. Ça ne m'était encore jamais arrivé.

Le stylo n'a plus d'encre du tout, à présent. Il fouille dans son armoire pour en trouver un autre, quand Paulette tape au carreau.

– Quel temps pourri ! Elle renifle l'air. Ça sent le brûlé, chez toi.

– Le journaliste m'a fichu à la porte, dit tristement Zanzibar. Il ne me croit pas. J'ai tout fait pour rien.

Paulette s'approche du fourneau. Elle gratte nonchalamment le fond de la poêle.

– Tu sais, Zanzibar, tout ça, ce n'est pas du tout important.

– Tu veux dire le journal ?

– Oui. Moi, je le sais que tu es remarquable. Tu l'étais déjà avant d'avoir porté le chameau.

– Le dromadaire, soupire Zanzibar.

– Oui. Mais je m'inquiète pour quelque chose de bien plus grave.

– Pour quoi ?

Zanzibar est soudain inquiet, lui aussi.

– Pour ton talent de cuisinier. Paulette montre la poêle en riant. Maintenant que tu vas dans les pays lointains pour soulever de grands mammifères, tu ne sais plus faire la cuisine !

Zanzibar retrouve un petit sourire.

– Tiens, voilà le facteur. Bonjour Lamouette. Rien, comme d'habitude ?

– Si ! répond Lamouette en entrant précipitamment. Un paquet avec des timbres bizarres. Si tu permets, je vais rester pendant que tu l'ouvres.

Zanzibar examine le paquet.

– Ce sont des timbres du désert !

Il arrache le papier d'emballage et découvre une boîte en carton.

– Ouvre !

Paulette trépigne de curiosité.

Zanzibar soulève le couvercle avec précaution.

– Du sable, dit-il, déçu.

– Regarde sous le sable, dit Lamouette, en expert.

Zanzibar fouille le sable de ses plumes.

– Je sens quelque chose…

Dans le sable il y a une photo. Et une petite lettre.

– C'est une photo de mon exploit !

Le cœur battant, Zanzibar lit la lettre :

Cher Zanzibar,

Les photos sont très réussies. J'en ai donné une à Cheb qui l'a accrochée dans sa tente. Il me reparle de toi à chaque fois que je le vois. J'espère (et lui aussi) que tu vas revenir bientôt. Comme tu n'aimes pas beaucoup mon thé, je me suis procuré du sirop de cactus. Je le garde pour toi.

Je t'embrasse,

Sidi.

Rayonnant de bonheur, Zanzibar lit et relit la lettre de Sidi.

– C'est vrai qu'elle est très réussie, cette photo, dit Paulette. Apportons-la tout de suite au *Mille-Feuille*. C'est monsieur Potin qui va être surpris !

Mais Zanzibar ne l'écoute pas. Il cherche un stylo qui marche.

– Viens, insiste Paulette. Qu'est-ce que tu fais ?

– Je vais répondre à Sidi, dit Zanzibar. Je suis si content qu'il m'ait écrit ! Il est vraiment gentil, Sidi. Et Cheb aussi. Un jour je t'emmènerai chez eux.

Paulette fronce les sourcils.

– Mais Zanzibar, le journal doit paraître demain ! Tu as fait quelque chose de remarquable, et cette photo en est la preuve. Si tu ne l'apportes pas tout de suite, c'est fichu.

– Tant pis, dit Zanzibar. Ce n'est pas important, c'est toi-même qui l'as dit. Moi, je veux écrire à mes amis.

Lamouette sourit.

– Ah, les lettres !

Paulette ramasse son parapluie, s'empare de la photo et quitte la maison.

Le lendemain Zanzibar fait la grasse matinée. Lamouette frappe au carreau. Il mitraille la fenêtre de coups.

– Oui, oui, doucement ! crie Zanzibar en descendant de son lit.

Il ouvre la porte et regarde avec étonnement le vieux facteur qui gesticule dans tous les sens.

– Tu… c'est génial… ton…

Lamouette est surexcité. Il n'arrive pas à parler.

– Entre, lui dit Zanzibar.

Lamouette essaye de tirer quelque chose de son sac bourré de lettres. La moitié du courrier est par terre quand enfin il brandit un journal.

Zanzibar cligne des yeux. Sa photo est en première page du *Mille-Feuille*. Énorme. Au-dessus, en gros titre, il lit :

L'INCROYABLE ZANZIBAR

Et, sous la photo, il y a un article :

De tous les habitants de notre forêt, c'est le corbeau au joli nom de Zanzibar qui mérite le plus notre admiration. Zanzibar s'est rendu dans le désert à seule fin d'y accomplir un exploit. Il a soulevé un dromadaire d'une seule aile ! Zanzibar a fait cet effort insensé simplement pour la beauté du geste et pour notre plaisir à tous.

Merci Zanzibar !

L'article est signé : *Achille Potin.*

– C'est Paulette qui leur a apporté la photo, explique Lamouette. Zanzibar, tu es célèbre !

– Tu crois ?

Soudain Paulette fait voler la porte et saute au cou de son ami.

– Tu as vu ? Tu es content ?

Et voilà Ginette qui bondit dans la cuisine pour le féliciter. Le renard, le rossignol, le lièvre, la fourmi, la tortue, le moustique, le hibou, tout le monde

veut embrasser le héros. Même madame Adèle, la mite, arrive en clopinant sur ses béquilles. La cuisine est pleine à craquer.

Zanzibar est confus. C'est beau, la célébrité, mais quand cela vous prend au dépourvu, comme ça, en sortant du lit, c'est embarrassant.

Il se faufile jusqu'à Paulette, et lui souffle à l'oreille :

– Qu'est-ce que je fais, maintenant ?

– Je ne sais pas, dit-elle, tu pourrais faire un discours.

– Un discours ! gémit Zanzibar. Non, je vais plutôt faire une omelette aux champignons.

L'omelette de Zanzibar est un délice. Madame Adèle n'en finit plus d'en redemander.

– Mais dites-moi, Zanzibar, dit-elle entre deux bouchées, ce dromadaire que vous avez soulevé, n'était-il pas très maigre ?

– Très très maigre, dit Zanzibar.

– Répondez-moi franchement. Pensez-vous que je pourrais le porter, moi aussi ?

Zanzibar manque de s'étouffer en avalant de travers.

– Pourquoi pas, madame, dit-il en riant. Mais dépêchez-vous, je lui ai envoyé la recette de mon omelette.

– Ah, alors c'est fichu, soupire la vieille dame. Il va forcément grossir.

– Forcément, approuve Paulette.

Elle lève son verre.

– À la tienne, mon cher et remarquable Zanzibar !

– À la vôtre ! claironne madame Adèle.

– À Zanzibar ! crie la tablée.

Zanzibar, ému, jette un coup d'œil à la chaussette accrochée au mur.

– À tous mes amis !

Du même auteur à *l'école des loisirs*

Dans la collection *MOUCHE*

Docteur Fred et Coco Dubuffet
Le duel
Mémet le timide
Zappa